www.ingramcontent.com/pod-product-compliance
Lightning Source LLC
LaVergne TN
LVHW050828051026
849532LV00008B/3173
9789369089338

چنگاری

(بچوں کی کہانیاں)

مائل خیر آبادی

© Mayal Khairabadi
Chingaari *(Short Stories)*
by: Mayal Khairabadi
Edition: September '2025
Publisher :
Taemeer Publications LLC (Michigan, USA / Hyderabad, India)

ISBN 978-93-6908-933-8

کتاب	:	**چنگاری** (بچوں کی کہانیاں)
مصنف	:	**مائل خیر آبادی**
صنف	:	ادب اطفال
ناشر	:	تعمیر پبلی کیشنز (حیدرآباد، انڈیا)
سالِ اشاعت	:	۲۰۲۵ء
صفحات	:	۳۶
سرورق ڈیزائن	:	تعمیر ویب ڈیزائن

فہرست

چنگاری

میں ان دنوں درجہ ۸ میں پڑھتا تھا۔ اس وقت میری عمر لگ بھگ ۱۴ سال کی تھی۔ میں اپنے درجے میں سارے لڑکوں سے تیز تھا، پڑھنے لکھنے میں بھی اور کھیل کود میں بھی اور تندرستی میں بھی سب سے اچھے نمبر پاتا تھا۔ اسپینی زبان کے پڑھائے ہوئے سبق مجھے خوب یاد تھے۔ انجیل کی بہت سی آیتیں میری زبان پر تھیں۔ اسکول میں جب مجھ سے ان کے بارے میں سوال کیا جاتا تو میں فرفر سنا دیتا۔ لیکن جب میں اسکول سے گھر واپس آتا، اور اپنی کتاب کو کھولتا اور انجیل کی آیتیں ابا جان یا امی جان کو سناتا تو ان کا بھی چہرہ اُداس ہو جاتا۔ انھیں میرا سبق سُن کر ایسی بے چینی ہوتی کہ میں بچہ ہونے پر بھی اس بے چینی کو محسوس کر لیتا۔ ابا جب مجھے اسکول سے آتا دیکھتے، میرا بستہ اور میری کتابیں دیکھتے،

میرا سبق سنتے تو پریشان ہوکر اپنے اس بند کمرے کی طرف بھاگتے جس کے پاس جانے کی کسی کو اجازت نہ تھی۔ وہ بڑی دیر کے بعد کمرے سے باہر آتے، اور جب باہر آتے تو میں اُن کا چہرہ اور اُن کی سرخ آنکھیں دیکھ کر سمجھ لیتا کہ وہ ضرور روئے ہیں۔ کمرے سے واپس آکر وہ مجھے سینے سے چمٹا لیتے۔ کچھ کہنے کے لیے ہونٹ کھولتے لیکن ان کے ہونٹ کپکپا کر رہ جاتے۔

یہ تو شام کو روز ہوتا۔

صبح جب میں اسکول جانے کے لیے تیاری کرتا تو ابا کی طرح اماں جان کو بھی پریشان پاتا۔ ابا جان میرے سو کر اٹھنے سے پہلے ہی کام پر چلے جاتے تھے۔ اسکول جاتے وقت اماں جان مجھے اس طرح رو رو کر رخصت کرتیں، جیسے ان کا بیٹا یعنی میں جلتی ہوئی بھٹی میں کودنے جارہا ہوں۔ پھر جب میں دس پانچ قدم باہر نکل جاتا تو وہ مجھے پکارتیں، میں واپس چلا جاتا۔ وہ مجھے سینے سے چمٹاتیں، پیار کرتیں اور پھر بڑی بے چینی کے ساتھ مجھے چھوڑتیں۔ اس کے بعد جب میں شام کو اسکول سے گھر آتا تو میری اُداس اور دن بھر رونے والی ماں مجھے اس طرح بھینچ لیتیں جیسے میں برسوں کے بعد کہیں سے گھر آیا ہوں۔

ابا اور اماں کا یہ حال میرے لیے ایک ایسا راز تھا جسے میں سوچنے پر بھی سمجھ نہ پاتا تھا۔ پھر جب کبھی ابا، اماں جان سے باتیں کرتے اور اس وقت ان کے پاس کوئی نہ ہوتا۔ میں بھی نہ ہوتا، یا میں ان سے دور کہیں کھیل میں لگا ہوتا تو وہ کسی دوسرے ملک کی زبان میں باتیں کرتے جسے میں سمجھ نہیں سکتا تھا۔ میں ان کے پاس جاتا تو وہ پھر اپنی زبان میں باتیں کرنے لگتے۔

اماں اور ابا کا یہ طور طریقہ دیکھ کر میں نہ جانے کیا سوچنے لگتا۔ طرح طرح کی باتیں میرے دل میں آنے لگتیں:-

"کیا میں اُن کا بیٹا نہیں ہوں؟ ——— لیکن وہ دونوں تو مجھے اپنی جان سے زیادہ پیارا سمجھتے ہیں ——— وہ مجھے اپنے کمرے میں کیوں جانے سے روک دیتے ہیں؟ ——— شاید میں ان کا بیٹا ہوں ہی نہیں ——— ان کے کوئی بیٹا نہ ہوگا ——— میں ان کو کہیں پڑا ہوا ملا ہوں گا اور انھوں نے اٹھا لیا ہوگا۔ اور پھر مجھے پال لیا ہوگا، یہ پالنے پوسنے ہی کی محبت ہے ——— لیکن ——— یہ بات ہوتی تو محلے میں چرچا ہوتا، اور کوئی تو مجھ سے کہتا، پھر اسکول میں بھی تو میرے باپ کا نام یہی لکھا ہے جو ابا کا نام ہے ——— تو؟ ——— میں سوچتے سوچتے تھک جاتا اور میں کچھ نہ سوچ سکتا۔

اس سوچ کا اثر مجھ پر یہ پڑا کہ میں سیر سپاٹے اور کھیل کود سے الگ رہنے لگا۔ مجھے کھیل تماشوں سے نفرت ہونے لگی، میں نے اپنے دوستوں کو چھوڑ دیا۔

اب میں اسکول جاتا تو وہاں سب سے الگ تھلگ رہتا۔ کبھی کبھی تو ایسا بھی ہوتا کہ میں بڑی دیر تک سب سے الگ بیٹھا اپنے خیالات میں کھویا ہوتا اور اس وقت چونکتا جب گرجا کا پادری آتا اور وہ میرا کرتہ پکڑ کر گرجا میں عبادت کے لیے لے جاتا۔

اسی درمیان میں میرے ایک بھائی کی پیدائش ہوئی لیکن نہ ابا خوش ہوئے نہ اماں۔ اماں نے ابا کو نئے بیٹے کی آمد کا حال سُنایا' ابا کا سر جُھک گیا اور وہ آنسو بہانے لگے۔ یہی حال اماں کا تھا۔ پھر ابا آنسو پونچھ کر گرجا کی طرف روانہ ہوئے، مگر اُن کے قدم اس طرح اٹھ رہے تھے جیسے ان کے پاؤں میں کوئی بوجھل چیز بندھی ہو۔ ان کا دل بالکل نہیں چاہتا تھا کہ گرجا کو جائیں۔ مگر میں نے دیکھا کہ وہ گئے، اور جب لوٹے تو ان کے ساتھ گرجا کا پادری بھی تھا۔ پادری میرے اس بھائی کو بپتسمہ دینے آیا تھا، اس وقت میری ماں کا وہ حال تھا کہ میں بیان نہیں کر سکتا۔ اُن کی آنکھیں ایسی ہو گئی تھیں جیسے ان میں روشنی ہی نہ رہی ہو۔ اماں کا چہرہ اس طرح پیلا پڑ

گیا تھا جیسے اُن کے بدن کا سارا خون کسی نے کھینچ لیا ہو۔ انھوں نے کانپتے ہوئے ہاتھوں سے بچے کو پادری کے حوالے کر دیا، اور آنکھیں بند کر لیں۔

بچے کی پیدائش اور وہ بھی کیسا بچہ۔ مجھے اپنے اس بھائی کا چہرہ اب تک یاد ہے۔ ایسا جیسے چاند۔ ایسا، جیسے گلاب کا پھول، اور اس کے ہونٹ تو میں کبھی نہیں بھول سکتا۔

ایسے بچے کی پیدائش پر میرے گھر کوئی خوشی نہیں ہوئی۔ نہ کسی کو بتایا گیا۔ میرے چچا کو کسی طرح معلوم ہو گیا تو وہ بچے کو دیکھنے آئے۔ میں حیران رہ گیا کہ وہ بھی اداس اور ساکت۔ ایسے ساکت ہو گئے جیسے چلتے چلتے پانی رُک جائے۔ جیسے چلتے ہوا کا چلنا بند ہو جائے۔ چچا آئے اور گھر میں کھڑے کے کھڑے رہ گئے۔ اس طرح جیسے وہ ایک بُت ہوں جن کو میرے گھر کے آنگن میں نصب کر دیا گیا ہو۔

آخر یہ کیا بات ہے؟ ضرور کوئی بات ہے! میں یہ بات یہ راز پوچھے بغیر نہیں رہ سکتا۔ اب مجھ سے ضبط نہیں ہو سکتا۔"

میں نے طے کر لیا، کچھ بھی ہو، میں ابا سے پوچھ کر رہوں گا —

لیکن —! — ایسے موقع پر جب میرے بھائی کی پیدائش

ہوئی، گھر میں خوشی منانے کے بدلے دس دن گھر میں ہی نہیں آئے، نہ جانے کہاں رہے، پھر؟

گیارہویں دن عیسائیوں کی خوشی کا دن تھا، گھر گھر بچوں، جوانوں اور بوڑھوں تک نے اچھے اچھے کپڑے بنوائے تھے، لیکن ہمارے گھر میں کسی کا کوئی نیا کپڑا نہ بنا۔ ہاں! مُنّا بھیا کا بھی نہیں۔

پورا شہر غرناطہ اس دن ایسا سجایا گیا تھا جیسے کوئی نئی نویلی دولھن بنی سنوری ہو لیکن میرے گھر میں وہی سادگی۔ پورے شہر میں گھر گھر خوشی کے نعرے بلند ہو رہے تھے۔ لیکن میرے گھر میں وہی اداسی۔ گھر گھر بالا خانوں اور مناروں پر صلیبیں جھنڈوں کی طرح لگائی گئی تھیں۔ حکومت سے اس دن خاص طور پر صلیبیں بانٹی گئی تھیں۔ ہمارے گھر میں جو صلیب آئی تھی وہ ابھی تک جہاں رکھ دی گئی تھی اسی جگہ رکھی تھی۔

"ابا! میں صلیب مقدس لگا دوں؟"

میرا یہ کہنا تھا کہ ابا بے قابو ہو کر رو پڑے۔ انھوں نے مجھے چمٹا لیا، اور اسی طرح لیے ہوئے بستر پر پہنچے اور اپنے پاس مجھے سُلا لیا۔ میں جلدی ہی سو گیا۔ پھر ــــ پھر ــــ اسی دن رات کو سوتے میں میرے کانوں میں آواز گونجی، کوئی کہہ رہا تھا،

بیٹے! —— بیٹے اٹھو! —— پیارے بیٹے!! —

یہ میرے ابا کی آواز تھی، میں جھٹ اُٹھ گیا۔ وہ مجھے لیے ہوئے اپنے اس کمرے میں گئے جس کے اندر اس سے پہلے میں کبھی نہیں گیا تھا۔ میں سمجھتا تھا، ضرور اس کمرے میں کوئی خزانہ ہوگا، یا پھر کوئی ایسی عجوبہ چیز ہوگی جو ابا کو دنیا جہان سے بڑھ کر عزیز ہے۔ لیکن جب ابا نے کمرے میں چراغ جلایا تو میں نے دیکھا کہ وہ کمرہ بالکل سادہ تھا۔ ابا نے کواڑ بند کر کے کنڈی لگالی۔ میں حیران تھا کہ ابا اب کیا کریں گے؟ کمرے کے ایک کونے میں ایک چٹائی لپٹی ہوئی کھڑی تھی، ابا نے اسے بچھایا۔ مجھ سے کہا "بیٹے، بیٹھو"۔ میں بیٹھ گیا۔

ابا نے ایک بار پھر اداس اداس نظروں سے مجھے دیکھا اور بڑی دھیمی آواز میں بولے:۔

"میرے پیارے بیٹے!" اور پھر چپ ہوگئے۔ اور میں؟ میں اس طرح ابا کی بات سننے کے لیے تیار ہوگیا جیسے میرا رُؤاں رُؤاں کان بن گیا ہو۔

ابا نے کہا:۔

"اے میرے دل اور جان سے زیادہ پیارے بیٹے! اس

وقت تمہاری عمر ۱۴ سال ہو چکی ہے ——!"

"جی!"

"اب تم بچے نہیں ہو، اپنا بھلا بُرا سمجھنے لگے ہو——!"

"جی ابا؟"

"آج میں تم سے ایک ایسا راز کہنا چاہتا ہوں جسے اب تک تم سے چھپایا ہے! وعدہ کرو میرے بیٹے! تم کسی سے نہ کہو گے۔"

"ہاں ابا جان! کسی سے نہ کہوں گا۔"

"اپنے کسی دوست سے، چاہے وہ تمہارا جگری دوست ہو، چاہے تم سے اس سے دانت کاٹی دوستی ہو۔"

"ہاں ابا! اس سے بھی نہ کہوں گا۔"

"اگر میں تم کو حکم دوں کہ اپنی ماں سے بھی نہ کہنا تو؟"

"ابا جان! عیسیٰ مسیح کی قسم! میں ان سے بھی نہ کہوں گا۔"

میری قسم سے ابا جان پر جیسے بجلی سی گری۔ انھوں نے ایک سرد آہ بھری اور ایسی نظروں سے مجھے دیکھنے لگے جیسے اس وقت وہ میرے ابا نہ ہوں۔ میں ڈر گیا، میں نے پکارا:۔

"ابا! میں ہوں آپ کا پیارا بیٹا فلپ!"

"چپ رہو نادان لڑکے۔ تمھارا نام ہرگز فلپ نہیں، یہ نام نہ میں نے رکھا نہ تمھاری ماں نے۔"

"پھر میرے ابا؟" میرا منہ حیرت سے کھلا کا کھلا رہ گیا۔
ابا تھوڑی دیر بے چین رہے، پھر انھوں نے اپنے کو سنبھالا میرے سر پر ہاتھ رکھا اور بولے:۔

"بیٹے! تمھارا یہ باپ جو بہت ستایا جا چکا ہے، بہت ظلم سہہ چکا ہے۔ ہاں یہی مظلوم باپ جو تمھاری محبت میں تڑپ اٹھتا ہے جس نے تم کو آرام پہنچانے کے لیے اپنا سکھ تج دیا۔ تم سمجھے وہ کون؟ یعنی میں تم کو وہ راز بتانے جا رہا ہوں جسے اگر تم نے کہیں ظاہر کر دیا تو پھر میں پھانسی کے تختے پر لٹکا ہوا ہوں گا، یا گولی سے اُڑا دیا جاؤں گا۔ یا کتوں سے نچوایا جاؤں گا، اور پھر تم مجھے اس دنیا میں نہیں پا سکتے ——"

"ابا!" میں اپنے پیارے ابا سے لپٹ گیا۔

"ہاں! ٹھیک ہے، پیارے بیٹے! اچھا ہوا تم میرے اور قریب آ گئے۔ وہ بھید بہت آہستہ کہنے کا ہے۔ بس یوں سمجھو جیسے دیوار پیچھے کوئی سُن رہا ہے۔ بلکہ میں ڈر رہا ہوں کہ اس دیوار کے بھی کان ہوں اور وہ سُن لے۔ حکومت کے جاسوس

ہر وقت گھر گھر پھرا کرتے ہیں اور کھوج میں رہتے ہیں ــــــ"
"کھوج ؟ کاہے کی کھوج میں ؟"
"بتاتا ہوں لیکن آج شہر میں سب نے خوب دھوم دھام کی ہے۔ سب نے خوب شرابیں پی ہیں۔ اس وقت سب غافل پڑے ہوں گے۔ یہی موقع ہے کہ میں تم کو اپنا راز بتا دوں۔ اس وقت حکومت کے جاسوس بھی خراٹے لے رہے ہوں گے۔"
"جاسوس، جاسوس، یعنی محکمہ سی، آئی، ڈی۔ اس کا نام سُن کر میرے بدن میں کپکپی پیدا ہو گئی۔ میرے بدن کے تمام رونگٹے کھڑے ہو گئے۔ یہ ٹھیک ہے کہ میں اس وقت کم عمر تھا لیکن خوب جانتا تھا کہ یہ سی، آئی، ڈی والے کیسے اور کیا ہوتے ہیں۔ حکومت کو جھوٹی خبریں اور غلط رپورٹیں دینے والے، حکومت ہی کا پیسہ کھائیں اور حکومت ہی سے جھوٹ بولیں۔ اور بے رحم ایسے کہ کسی پر رحم نہ آئے ــــــ میں اسکول جاتے وقت روز دیکھتا کہ سی، آئی، ڈی کے پھانسے ہوئے لوگوں کی کیا گت بنتی۔ میں نے سرِعام ایسی سزائیں دیتے ہوئے دیکھا کہ ان سزاؤں کے طریقوں کو دیکھ کر بھیڑیئے تک شرما جائیں۔ میں نے کوڑوں کی مار سے بدن کے گوشت کے ٹکڑے اُڑتے ہوئے دیکھے، میں نے انگاروں

پر جُھنتے ہوئے لوگوں کو دیکھا تھا، لوگوں کو پھانسی پر لٹکے ہوئے میں نے دیکھا، بہت سی ایسی عورتوں کو میں نے دیکھا، جن کے بال درخت سے باندھ دیئے گئے تھے اور انھیں اس طرح لٹکا کر مار ڈالا گیا تھا، میں نے ایسی عورتوں کو بھی دیکھا جن کے پیٹ پھاڑ ڈالے گئے تھے۔ اس طرح ایک پر ایک خیال میرے دماغ میں آرہا تھا۔ اس طرح کے خیالات اور آتے اگر ابا مجھے اپنی طرف متوجہ نہ کر لیتے۔ انھوں نے الماری کی طرف اشارہ کرتے ہوئے فرمایا۔ "کیا تم اس کتاب کے بارے میں کچھ جانتے ہو؟"

میں نے ایک نظر کتاب پر ڈالی۔

"کتاب مقدس انجیل ہے نا یہ؟"

میرے اس جملے پر میرے ابا پھر بے چین سے ہو گئے لیکن پھر انھوں نے اپنے کو سنبھالا اور بولے:۔

"نہیں، یہ انجیل نہیں ہے بیٹے! یہ قرآن مجید ہے۔"

"قرآن مجید؟"

"ہاں یہ قرآن مجید ہے، جو عرب کے ریگستان کے ایک پاک انسان پر اتری تھی۔"

"پاک انسان؟"

"اور وہ پاک انسان، اللہ کے آخری اور پیارے رسول حضرت محمد صلی اللہ علیہ وسلم ہیں جن پر اللہ تعالیٰ نے یہ کتاب نازل فرمائی۔ اس کتاب نے عرب کے جاہل اور جانور نما انسانوں کو آدمی بنا دیا، اور دنیا میں وہ انقلاب برپا کیا جو دنیا میں کبھی نہیں ہوا تھا۔"

"انقلاب؟!"

"ہاں ایسا انقلاب کہ وہ ماتھے جو دنیا کی ذلیل سے ذلیل چیزوں اور گندے جانوروں کے آگے زمین پر رکھ دیئے جاتے تھے وہ صرف ایک خدا کے آگے رکھے جانے لگے۔ وہ انسان جو ایک دوسرے کے دشمن ہو رہے تھے اسی کتاب کی تعلیم کی بدولت بھائی بھائی بن گئے۔ اور ہاں، وہ انسان جن میں تعلیم و تہذیب نام کو نہ تھی انھیں ایسی تہذیب دی جس سے بہتر تہذیب ناممکن ہے۔ بیٹے بالکل ناممکن ہے۔"

مجھے بڑا تعجب ہو رہا تھا کہ ابا یہ کیا کہہ رہے ہیں، لیکن اس وقت ابا کہے چلے گئے:۔

"اے بیٹے! یہی وہ کتاب ہے جسے تمھارے اور ہمارے بزرگ لے کر اسپین میں آئے ...."

"ہمارے بزرگ؟ ابا! آپ یہ کیا فرمارہے ہیں؟"

"خدا کی قسم بیٹے! میں بالکل سچ کہتا ہوں، وہ تمھارے ہی بزرگ تھے جنھوں نے قرآن ہی کی بدولت ساری دنیا میں نیکی پھیلائی، اور دنیا کو بہترین تہذیب دی۔ ہم اور تم انہی کی اولاد ہیں۔"

"تو اس کا مطلب یہ ہوا کہ ہم مسلمان ہیں؟"

"الحمدللہ! اب جب کہ تم چودہ برس کے ہو گئے ہو تو میں نے صاف صاف تمھیں بتا دیا۔ یہی وہ بھید تھا جسے میں نے چھپایا اور اس وقت تک چھپایا کہ کہیں تم کسی سے کہہ نہ دو، اور اسپینی حکومت سُننے تو میرا، تمھاری ماں کا اور خود تمھارا وہی حشر ہو جو تم آئے دن سرِعام دیکھا کرتے ہو۔ آہ! مسلمان کس درجہ اس دیش میں مظلوم ہے۔"

"ابا! مسلمانوں کی یہ حالت کیسے ہو گئی؟ آپ تو کہتے ہیں کہ مسلمانوں ہی نے اس دیش کو سب سے بہتر تہذیب دی؟"

"بیٹا! یہ بھی ایک بڑی دکھ بھری داستان ہے۔ غور سے سن لو بیٹے! اگر آج نہ سن سکے تو پھر سننے کا موقع نہ ملے گا۔

آج سے چالیس سال پہلے جب یہاں مسلمانوں کی حکومت

تھی تو ہمارا بادشاہ عبداللہ الصغیر نہایت نالائق ثابت ہوا، اس نے ہم مسلمانوں کو دھوکہ دیا اور خود دشمنوں کے دھوکے میں آگیا، اور اس نے حکومت عیسائیوں کو سونپ دی اور یہاں سے بھاگ گیا۔ عیسائیوں نے ہم سے وعدہ کیا تھا کہ وہ ہمارے سارے حقوق ہمیں دیں گے، ہمارے ساتھ انصاف کریں گے۔ ہماری جان، ہمارے مال، ہماری عزت اور آبرو کی حفاظت کریں گے۔ ہم کو ہمارے دینی کام روزہ، نماز، حج، زکوٰۃ کرنے دیں گے، اور ہمیں دینی تعلیم حاصل کرنے سے منع نہ کریں گے۔

لیکن ابھی چند ہی دن بیتے تھے کہ ان کے سارے وعدے ہوا ہو گئے، عیسائی پنجے جھاڑ کر ہمارے پیچھے پڑ گئے۔ ہمیں روزہ، نماز، حج، زکوٰۃ سے روک دیا گیا۔ آہ! یہ اونچی اونچی عمارتیں ہمارے تمہارے باپ دادا نے بنائی تھیں جن میں آج ایک بھی مسلمان نہیں رہ سکتا۔ مسجد کے یہ اونچے اونچے مینار ہمارے تمھارے بزرگوں کے بنائے ہوئے ہیں جہاں سے کبھی اذان کی آواز بلند ہوتی تھی، اور آج اسی جگہ عیسائی ناقوس بجا رہے ہیں۔ قرطبہ کی بڑی مسجد جس میں مسلمان صف باندھ کر نمازیں پڑھا کرتے تھے، آج وہ گرجا کی شکل میں تبدیل کر دی گئی ہے۔ اور اس کے اندر پادری اور راہب

انجیل ، پڑھتے ہیں۔

بیٹے! آج ہم اس دیش میں کھل کر نماز نہیں پڑھ سکتے۔ آج اس دیش میں ہم اپنے بچوں کو دینی تعلیم نہیں دے سکتے۔ آج اس دیش میں ہم سے کہا جاتا ہے کہ اپنے کو عیسائی کہو، اور عیسائی مذہب اختیار کر لو۔ اب اگر ہم اپنے اسلام پر قایم رہیں تو وہ نتیجہ ہے جو تم روز مسلمانوں کا دیکھتے رہتے ہو۔ اگر ہم دینی تعلیم کا نام لیں تو ہمیں فرقہ پرست کہا جائے اور ہم قتل کر دیئے جائیں۔

اُف! ہم کل کیا تھے اور آج کیا ہو گئے۔ لو بیٹے! بس یہی وہ راز تھا جس کے کہنے کے لیے میں بے چین رہا، یہی وہ چنگاری تھی جسے میں اپنے سینے میں دبائے ہوئے تھا اور اس سے میرا سارا بدن تپ رہا تھا یہی وہ بات تھی جس کے کہنے کے لیے میں اب تک زندہ ہوں۔"

ابا چپ ہو گئے اور بڑی حسرت سے مجھے دیکھنے لگے۔ میں نے اپنا سر ابا کی گود میں رکھ دیا۔ ابا نے میرے سر پر ہاتھ رکھا۔ پھر جب میں نے سر اُٹھایا تو دیکھا کہ ان کا چہرہ خوشی سے چمک رہا تھا۔ میں نے پوچھا:۔

"ابا! میرا اسلامی نام کیا ہے؟" بتایا:"محمد"۔ جو پیارے رسول صلی اللہ علیہ وسلم کا نام تھا۔

"اور آپ کا نام؟"

"میرا اسلامی نام عبدالرفیع ہے۔"

"اور امی جان کا؟"

"فاطمہ، جو پیارے رسول صلی اللہ علیہ وسلم کی پیاری بیٹی کا نام تھا۔"

ابا جان دوسرے دن سے رات کے اندھیرے میں چراغ جلا کر نہایت خاموشی سے مجھے قرآن پڑھانے لگے۔ یہ بھی انوکھی اور نرالی بات تھی کہ دن میں اسکول کے اندر اسلام کے خلاف تعلیم پاتا، وہاں پادری اسلام کے خلاف زہر اگلتے، اسلامی بزرگوں کو برا کہتے۔ پھر جب میں وہاں سے گھر آتا، اور ابا جان مجھے اسلامی عقیدہ، اسلامی تاریخ، اسلامی عبادات اور قرآن کی تعلیم دیتے تو میری آنکھیں کھل جاتیں۔ میں سوچتا "یہ عیسائی کس قدر اندھیرے میں ہیں۔ کاش کہ وہ اسلام کی سچی اور سیدھی تعلیم کو سمجھتے!"

میں نے بہت جلد عربی زبان سیکھ لی اور اس قابل ہو گیا کہ قرآن اور اسلام کے تقاضوں کو بخوبی سمجھ سکوں۔ میں نے عہد کر لیا کہ اللہ کے بندوں تک اس دین کو پہنچاؤں گا چاہے اس راہ میں میری جان ہی چلی جائے۔

اللہ تعالیٰ سے دعا ہے کہ وہ مجھے اس عہد کو پورا کرنے کی توفیق بخشے۔

اپنے مرکز کی طرف

میں یکدم چونک پڑی — "طوفان!" — میری زبان سے نکلا اور میں بدحواس ہوکر "کپتان۔ کپتان" پکارنے لگی۔ سمندر کے بے پناہ تلاطم میں ہمارا جہاز اس طرح بے قابو ہو رہا تھا جیسے سیلاب میں کوئی پتہ ہو — پانی کی موجیں بادلوں کی طرح بار بار اٹھتیں اور جہاز سے ٹکراتیں۔ جہاز اُن کے زبردست تھپیڑوں سے ڈانواڈول ہو رہا تھا۔ ہمیں ڈر تھا "اب ڈوبا، اب ڈوبا" جہاز کے مسافر اور سارے ملازم بوکھلائے ہوئے تھے۔ میں اپنے کپتان کی تلاش میں کبھی عرشے پر جاتی، کبھی ڈیک کی طرف اور کبھی اوپر پہنچتی۔ سمندر کے اس طوفان میں جہاز بری طرح ہچکولے کھا رہا تھا۔ ایسی حالت میں جہاز کے پرانے ملازموں کے پیر بھی جم نہ سکتے تھے۔ پھر میری کیا حیثیت تھی۔ میں جگہ جگہ گری اور کئی بار زینوں سے ٹکرائی۔ ایک جگہ جبکہ میں ایک زینے پر چڑھنے کی کوشش کر رہی تھی۔ ایک ملازم ہتھوڑا ہاتھ میں لیے میرے پاس سے گزرا۔ اس نے مجھے دیکھا میرا بازو پکڑا پھر خود سنبھلتا اور مجھے سنبھالتا مسٹر مائیکل تک پہنچا دیا۔ جہاز بھر میں مسٹر مائیکل ہی ایسے تھے جو اب بھی سنجیدگی کے ساتھ زینے کا ایک تختہ پکڑے کھڑے

تھے۔ اور کچھ سوچ رہے تھے۔ میں جا کر ان سے لپٹ گئی۔ "ڈارلنگ! اب کیا ہوگا؟"

جہاز کے کپتان مسٹر مائیکل میرے شوہر تھے۔ انھوں نے مجھے سنبھالا۔ اس کے بعد اپنے اسسٹنٹ سے بولے "مسٹر نلسن! دو جہاز ہماری کمک کو آرہے ہیں مگر مجھے امید نہیں کہ وہ بروقت ہم تک آسکیں۔ ہمارا جہاز بالکل بے قابو ہوگیا ہے اور اس کے غرق ہونے میں زیادہ دیر نہیں ہے۔ ہماری تمام کوششیں بیکار ہوچکی ہیں۔ میرا مشورہ ہے کہ مسافروں کو لائف بلیٹ تقسیم کر دیئے جائیں اور کشتیاں اتار دی جائیں۔"

مسٹر نلسن نہایت محنتی اور اطاعت شعار اسسٹنٹ تھے۔ انھیں اپنے افسر سے بے حد حسن ظن تھا۔ مسٹر مائیکل کی زبان سے یہ مایوس کن جملے سن کر وہ ایک طرف چلے۔ ابھی وہ چند ہی قدم چلے تھے کہ اچانک مسٹر مائیکل نے گھبرا کر کہا "مسٹر نلسن! مسٹر نلسن!! جلدی کیجیے۔ بہت جلدی ہمارا جہاز پہاڑ کی زد میں آگیا۔"

جہاز کا سائرن پوری قوت سے بول رہا تھا۔ میں نے کہا "ڈارلنگ! تم نے اپنے کو بچانے کی فکر کرلی؟" مسٹر مائیکل مسکرائے۔ بولے "ڈیر ایلن! جہاز کا کپتان اپنے کو بچانے کی فکر سب سے آخر میں کرتا ہے۔" اس کے بعد انھوں نے ایک بہترین لائف بیلٹ نکالا۔ مجھ سے کہا "لو یہ تمھارے لیے میں نے ریزرو کر رکھا تھا۔ روح القدس تمھاری مدد کریں! آؤ آخری بار تم سے مل لوں۔۔۔!!"

"ڈارلنگ ۔۔۔!" میں نے پکارا ۔۔۔ اس کے بعد کیا ہوا مجھے کچھ خبر نہیں۔

ہوش آیا تو اپنے کو ایک کمرے میں پلنگ پر لیٹے ہوئے پایا۔ عین اس وقت جب میں نے آنکھ کھولی۔ ایک نرس انجکشن کی سوئی میرے بازو سے نکال رہی تھی۔ اُس نے مجھے ہوش میں آتے دیکھا تو خوش ہو کر بولی "اب آپ خطرے سے بالکل محفوظ ہیں!" اُس نے گھنٹی بجائی۔ گھنٹی کی آواز سنتے ہی کئی عورتیں کمرے میں آگئیں۔ اُن کے چہروں سے خوشی ظاہر ہو رہی تھی۔ وہ سب تیمارداری میں لگ گئیں۔ سب کی سب ادھیڑ عمر کی اور بوڑھی عورتیں تھیں کوئی ایسی نہ تھی جسے جوان کہا جا سکے۔ میرا خیال ہے چالیس سے کم کوئی نہ تھی۔ میرے لیے یہ حیرت کی بات تھی۔

جس روز میرا غسل صحت ہوا۔ اُس دن ان عورتوں نے بڑی خوشی منائی۔ ایک مختصر سی تعارفی پارٹی مجھے دی۔ اس پارٹی میں بیس پچیس خواتین شریک تھیں۔ انھوں نے مختصر تمہید کے بعد میرا حال پوچھا۔ میں بتاتی ہی کیا؟ کہہ دیا "ایلن میرا نام ہے۔ مشہور جہاز راں مسٹر مائیکل کی بیوی ہوں۔ جہاز ایک طوفان میں تباہ ہو گیا۔ سمندر کی موجوں نے شاید ادھر ساحل پر مجھ کو پھینک دیا اور آپ مجھے اٹھا لائیں۔ اس کے سوا میری زندگی میں نہ کوئی دلچسپی ہے نہ عبرت۔ کیا اچھا ہو کہ آپ سب بہنیں مجھے بتائیں، کہ میں کہاں ہوں اور آپ کون ہیں؟ اور یہاں کی معاشرتی اور تمدنی حالت کیا ہے؟ آپ نے جس خلوص کے ساتھ میری تیمارداری کی، اُس کی میں بیحد ممنون ہوں۔"

میرے یہ دریافت کرنے پر تمام عورتوں کی نگاہیں ایک بوڑھی عورت

کی طرف اٹھ گئیں۔ اُس بوڑھی عورت نے کہا "بیٹی! دو تین روز اور صبر کرو۔ اتوار کو ہمارا ایک بہت بڑا اجتماع ہونے والا ہے۔ تم کو بھی شریک کیا جائے گا۔ اُس میں تم کو معلوم ہو جائے گا کہ ہم کون ہیں؟ ہمارے کیا عزائم اور منصوبے ہیں؟ ہاں، تم سر دست یہ جان لو کہ اس وقت خط استوا کے قریب جزیرہ عورستان میں ہو۔"

"عورستان — عجیب و غریب نام ہے۔" میں نے حیرت کا اظہار کیا اور خاموش ہو رہی۔ اور اس کے بعد اجتماع عورستان کی کارروائی کا انتظار کرنے لگی۔

دوسرے ہی دن سے انھوں نے اجتماع کی تیاری شروع کر دی۔ میں اب ٹہلنے جانے لگی تھی۔ بیکاری میں مجھے اچھا نہیں لگ رہا تھا۔ مجھے اپنا شاندار اور تابناک ماضی یاد آرہا تھا۔ جس کی جدائی سے میں بے حد تکلیف محسوس کر رہی تھی۔ جی بہلانے کی خاطر میں نے درخواست کی کہ اجتماع کی تیاری میں کوئی خدمت مجھے بھی دی جائے۔ نہایت خوشی سے یہ بات مان لی گئی۔ کارڈ کے برابر کاغذ کے ٹکڑے میرے آگے ڈھیر کر دیئے گئے۔ اور کہا گیا کہ ان پر جس قدر لکھ سکو یہ فقرہ خوش خط اور جلی حروف میں لکھ دو۔

"نئی تہذیب — مردہ باد"

میں نے بڑی محنت اور مستعدی سے یہ کام شروع کیا۔ اتوار تک میں نے سینکڑوں کی تعداد میں یہ فقرہ لکھ ڈالا۔ اتوار کے دن دو بجے ایک عورت نے آکر مجھ سے کہا "جلد تیار ہو جائیے۔ تین بجے ایک جلوس کی شکل میں ہم لوگ

اجتماع گاہ چلیں گے۔ ہمارے ساتھ تقریباً تین سو بہنیں ہوں گی۔ آپ کو صدر صاحبہ کے ساتھ رہنا ہوگا۔ اور یہی نقرہ جو آپ نے لکھا ہے ایک اپنے بائیں بازو پر باندھ لیجیے۔ دیکھیے اس طرح!"

یہ کہہ کر اس نے ایک کارڈ لیا۔ اُسے اپنے بازو پر لپیٹا اور تاگے سے باندھ لیا۔ میں اس تیاری ہی میں تھی کہ عورتیں آنا شروع ہوگئیں۔ ڈھائی بجے تک سب جمع ہوگئیں۔ مسز ہلین جنرل سکریٹری انجمن خواتین عورستان نے جلوس ترتیب دیا۔ مجھے صدر صاحبہ کی بغل میں کھڑا کر دیا گیا۔ یہ بات میں پھر عرض کر دوں کہ میرے سوا کوئی عورت اس جلوس میں نوجوان، نوجوان تو کیا جوان بھی نہ تھی۔ سب کی سب ادھیڑ سے اوپر تھیں۔

ٹھیک تین بجے "نئی تہذیب ــ مردہ باد" کا ایک نعرہ لگایا گیا پھر یہی نعرہ لگاتے ہوئے شہر کی طرف چلیں۔ شہر دیکھنے کا یہ میرا پہلا اتفاق تھا۔ جزیرہ عورستان کا یہ مرکزی مقام "مدرلینڈ" اچھا خاصہ شہر تھا۔ مدرلینڈ کی تہذیب سمجھنے میں مجھے کوئی دقّت نہیں ہوئی۔ کیونکہ وہ ہمارے یورپین شہروں کی بالکل نقل تھا۔ جب یہ جلوس شہر میں پہنچا تو شہر کی بھی بہت سی عورتیں آ آ کر ہمارے ساتھ ہوگئیں۔ سب مجھے حیرت اور مسرت کے ملے جلے جذبات کے ساتھ دیکھتیں۔ (میں اس وقت اس کی وجہ نہ سمجھ سکی تھی)، یہ جلوس مین روڈ ہوتا ہوا بازاروں، دفاتر، اسکولوں، کالجز کی طرف چکر لگاتا، ولیمسن پارک کی طرف چلا۔ راستے میں مردوں، نوجوان

چھوکریوں ، اسکولس اور کالجز کے طلباء اور طالبات نے ہمارا خوب مذاق اُڑایا۔ یہ جملہ خاص طور سے سُنا گیا کہ "نو سو چوہے کھا کر بلّیاں حج کو چلیں"۔

اجتماع گاہ میں پندرہ کارکن بہنیں موجود تھیں۔ ان کے علاوہ دیہات کی بہت سی کمزور اور بوڑھی عورتیں بھی جمع تھیں۔ ان کے ساتھ کچھ نوجوان اور کم عمر لڑکیاں اور بہت سے بوڑھے مرد بھی تھے۔ سی۔ آئی۔ ڈی' اور پولیس کے کرم فرما بھی موجود تھے۔ نیز اخبارات کے نامہ نگار بھی اپنا فرض ادا کرنے آئے ہوئے تھے۔

یہاں تمام شرکائے اجتماع سلیقے کے ساتھ ایک خاص ترتیب سے بیٹھ گئے۔ صدر صاحبہ اپنی افتتاحیہ تقریر کر کے بیٹھ گئیں۔ اس کے بعد جنرل سکریٹری نے پچھلی کارروائی پڑھ کر سُنائی۔ پھر مشہور خطیب مسز پاول پرائس کا مختصر تعارف کرایا۔ مسز پاول پرائس کی خطابت کی تعریف میں نے اپنے وطن کے اخبارات میں پڑھی تھی۔ اور میں ان سے ایک گونہ متاثر بھی تھی۔ انہی کی تقریر دراصل اس اجتماع کی جان تھی۔ جسے تمام نامہ نگاروں اور سی آئی ڈی کے لوگوں نے قلم بند کیا۔ اور اس تقریر کا نفس مطلب میرے ذہن میں بھی محفوظ رہ گیا۔ انھوں نے فرمایا :۔

"شریف خواتین اور معصوم بچیو! سب سے پہلے میں آپ کو ایک یورپین لیڈی سے متعارف کراؤں گی"۔ مسز پاول پرائس کے اس جملے پر میں چونکی۔

"یوروپین لیڈی سے مراد یقیناً میں ہوں۔" میرا خیال ٹھیک تھا۔ تمام مجمع مجھے دیکھنے لگا تھا۔ مسز پاڈل پرائس نے فرمایا:۔

"مسز مائیکل ایک حادثہ سے دوچار ہو کر ہمارے یہاں اچانک آئی ہوئی ہیں۔ انھوں نے ہم سب سے جزیرۂ عورستان کی معاشرت اور اس کے تمدن کے بارے میں دریافت فرمایا ہے۔ میں اس وقت اسی موضوع پر کچھ عرض کروں گی۔ روح القدس نے چاہا تو میں جزیرہ عورستان کی من وعن معاشرت تو نہیں ہاں ماضی قریب کی تباہ کاریوں کی ایک داستان اس طرح بیان کروں گی کہ مستقبل کی ہولناکیاں بھی سامنے آجائیں گی اور ہمارے موجودہ تمدن کا نقشہ بھی کچھ نہ کچھ کھنچ جائے گا۔ اس کے بعد مسز مائیکل میری تقریر پر تبصرہ فرمائیں گی۔"

"یعنی میں ــــ!" میں چونک سی پڑی۔ میں تو تیار بھی نہیں، پھر مجھے کیا معلوم کہ فاضل مقرر کیا فرمائیں گی؟ لگاتار کئی جملے میری زبان سے نکل گئے۔ اور میں نیم استادہ ہو کر پھر بیٹھ گئی۔ مسز پاڈل پرائس نے میری طرف دیکھا۔ لیکن اُن کی تقریر کا سلسلہ جاری رہا۔ وہ پورے جوش کے ساتھ کہہ رہی تھیں:۔

"ہوائیں گواہ ہیں کہ اب سے تیس برس پہلے جنگ عظیم میں جزیرہ عورستان میں کیا کچھ گزر گیا۔ فضائیں شہادت دے رہی ہیں کہ ہم کن حالات سے دوچار ہو چکے ہیں جزیرۂ عورستان کا ذرّہ ذرّہ زبان حال سے پکار رہا ہے کہ ہم کیا تھے اور کیا ہو گئے۔"

"ہیر ہیر" اس انداز تخاطب پر میں نے دل ہی دل میں داد دی۔ مسز پاڈل

پرانس کی تقریر میں انتہائی جوش تھا۔ تمام مجمع خاموشی کے ساتھ ان کی طرف متوجہ تھا۔ اور وہ خود، مجھے ایسا معلوم ہو رہا تھا جیسے کانپ رہی ہیں۔ وہ کہہ رہی تھیں:۔

"معصوم بیٹیو! آپ اس وقت پیدا بھی نہیں ہوئی تھیں۔ آپ کی یہ مائیں جن کا دودھ خون بن کر آپ کی رگوں میں دوڑ رہا ہے اس دور سے گزری ہیں۔ اگر گوش نصیحت نیوش اور دیدۂ عبرت نگاہ ہو تو میری سنیے اور اپنی ماؤں کو دیکھیے۔ جزیرۂ عورستان کو جنگ عظیم میں مجبوراً شریک ہونا پڑا۔ یہ تو آپ کو معلوم ہے کہ یہاں کی آبادی کتنی ہے؟ اس وقت تو اتنی بھی نہ تھی کہ اس کی حفاظت ہی کے لیے پولیس اور فوج کے سپاہی حسب ضرورت مل سکتے۔ کجا یہ کہ بڑھ کر جارحانہ اقدام کیا جاتا! مجبوراً تمام مردوں کو جبراً بھرتی کرنے کی تجویز ہوئی مگر سوال یہ اٹھ کھڑا ہوا کہ پھر عورستان کا وہ کاروبار جو مردوں سے متعلق ہے کون سنبھالے گا؟"

اے میری نادان اور بھولی بچیو! آج جو آپ تیتری کی طرح آزاد، ہر جگہ گھوم پھر رہی ہیں۔ اس وقت ہمارا یہ حال نہ تھا۔ ہم عورتوں اور مردوں نے باہم کام تقسیم کر لیا تھا۔ مرد باہر کا کام کرتے تھے اور ہم گھر کی رانی بن کر رہ رہی تھیں۔ میری اس بات پر ہماری کچھ بچیاں مسکرا رہی ہیں۔ انھیں کیا معلوم کہ ہم نے کیا کھویا اور کیا پایا؟ جب یہ ہماری عمر کو پہنچیں گی تب معلوم ہوگا۔ مگر افسوس کہ وقت گزر چکا ہوگا۔

ہاں! تو میں اس تجویز کا ذکر کر رہی تھی۔ کہ جب تمام مرد محاذ جنگ پر چلے جائیں گے۔ تو ان کا قائم مقام کون ہوگا؟ ہم سب اس وقت نوجوان تھیں بالکل ایسی ہی جیسی

ہماری مہمان عزیز مسز مائیکل ہیں۔ ہم نازک تھیں۔ پھول کی طرح۔ ہم پاک تھیں معصوم مریم کی کی طرح" (ہیر ہیر۔ تالیاں) مسز پادل پرائس نے ہاتھ اٹھا کر خاموش کیا اور پھر گویا ہوئیں۔

"جنگ کے بادل سر پر منڈلا رہے تھے۔ اخبارات نے حب وطن کے نشے سے باشندگان عورستان کو متوالا بنا دیا تھا۔ ہر شخص جان پر کھیل جانے کو تُل گیا۔ ہم عورتوں کو ابھارا گیا کہ آگے بڑھو۔ باہر کا کاروبار سنبھالو۔ تم میں قدرت نے عظیم قوت بھر دی ہے۔ مگر تم اس سے آشنا نہیں ہو۔ ظاہر میں تو تم عورت ہو۔ پھول کی طرح نرم و نازک۔ لیکن اگر سخت ہو جاؤ تو پتھر تمہارے آگے ہیچ ہے۔

اس طرح ہمارے ذہن کو بدلنے کی کوشش شروع ہوئی۔ مگر عورتوں کی طرف سے کوئی خاص پذیرائی نہیں ہوئی۔ اس وقت شاید اس کی وجہ یہ ہو کہ ہمارے بیشتر مرد بھی دل سے اس تجویز پر عامل نہ ہو سکے۔ بہت تھوڑی عورتیں جو بیوہ اور بیروزگار تھیں، حکومت کے ہاتھ آئیں جنھیں معمولی ٹریننگ دے کر مناسب جگہوں پر مقرر کر دیا گیا۔ ان کی خاطر مدارات کا خوب بندوبست کیا گیا۔ انھیں بھاری تنخواہیں دی گئیں اور انھیں یہ کام بھی سپرد کیا گیا کہ صنف نازک کو گھر سے نکالیں۔ وہ فوق البھڑک اور زرق برق لباس میں ہمارے پاس آتیں۔ ہم سے بے تکلف ملتیں۔ گھر سے باہر کی فضا کی دلچسپیوں کا نقشہ ہمارے سامنے کھینچتیں۔ جنگ کی بات برائے نام کرتیں۔ کھلی جگہ کی صاف اور ستھری ہوا، بازاروں کی فضا، پارکوں کی چہل پہل۔ جوان مردوں کی ملاقاتوں کے آزادانہ چرچے۔ آرام و آسائش، عیش و مسرت۔ غرضکہ ہر

چیز کا بیان زبان کی پوری قوت سے کرتیں۔ ادھر اخبارات ہمارے لیٹرن سے لے کر ڈرائنگ روم تک کی ہوا کو گھٹی گھٹی ثابت کرکے تندرستی کے لیے مضر بتاتے چونکہ اس جنگ میں فریق مخالف کا حامی ایک زبردست مسلم ملک تھا۔ اس لیے اسلامی پردے پر بری طرح سے وار ہوتی۔ برقعوں میں لپٹی ہوئی عورتوں کے کارٹون شائع ہوتے۔ پردہ دار خاتونوں کے چہرے مدقوق ظاہر کیے جاتے۔ مسلمان مردوں کو ظالم قرار دیا جاتا اور ثابت کیا جاتا کہ اسلام نے عورتوں کو گھر کے اندر ڈھکیل کر لونڈی بنا دیا ہے۔ پردہ فطرت کے خلاف اور بیماری کا ضامن ہے وغیرہ وغیرہ۔

کھلے میدانوں میں کھیل کے فوائد ہمیں بتائے جاتے۔ ہم کو ایسے سینما دکھائے جاتے جن میں نوجوان لڑکیاں ٹینس۔ نٹ بال۔ والی بال۔ ہاکی۔ باسکٹ بال گھوڑ دوڑ اور ایسے ہی تمام ورزشی کھیل کھیلتی ہوتیں۔ سینما میں کام کرنے والی ان چھوکریوں کی بے محابا اداؤں نے ہمیں لبھانے کی انتھک کوشش کی۔ دھیرے دھیرے ہمارے دل میں بھی ایسا محسوس ہونے لگا جیسے کوئی کہہ رہا ہے کہ زندگی زندہ دلی کا نام ہے اور زندہ دلی کے معنی یہ ہیں جو ان باہر والیوں کو حاصل ہے۔

غرضیکہ ہم گھر سے نکلیں۔ جو مرد محاذ جنگ کی طرف گیا اُس کی جگہ ہم نے سنبھال لی۔ اسکول اور کالج تو بند ہی کر دیئے گئے۔ ان میں مختلف قسم کے دفاتر قایم ہوئے۔ پڑھی لکھی عورت چاہے وہ جوان ہو چاہے بڑھی جیسی بھی مل سکی، کام پر لگائی گئی۔ غیر تعلیم یافتہ کو پولیس کی خدمات سپرد ہوتیں۔ جس طرح بنا ہم نے سارے محکموں کو سنبھالا۔ جنگ میں ہماری

فتح ہوئی۔ اور پھر ہماری خدمات کو حکومت نے خوب سراہا۔ بھرے مجمعوں میں ہمیں تمغے دیئے گئے۔ پرزور لفظوں میں ہماری تعریف کی گئی۔ اور ہم سے درخواست کی گئی کہ بدستور اپنی جگہوں پر قایم رہیں کیونکہ جنگ میں ہمارے بہت سے مرد کام آچکے تھے۔ اور ان کی جگہ پُر کرنے کے لیے ہمارے پاس مرد نہیں تھے۔

بیٹیو، سنو! ہم سمجھتے تھے کہ ہمارا کام ختم ہو گیا ہے لیکن نہیں۔ ابھی ہم سے اور کام لینا تھا۔ اب ہمیں یہ پٹی پڑھائی گئی کہ ملک کی مردم شماری بڑھانے کے لیے وطن کی سب سے بڑی خدمت یہ ہے کہ زیادہ سے زیادہ اولاد پیدا کی جائے۔ ہم میں مُسن عورتوں نے اسے گھناؤنی تجویز کہا۔ لیکن حکومت کو ایسی جوان عورتیں مل ہی گئیں جن کے شوہر جنگ میں مارے جا چکے تھے اور جن کے سامنے معاشرتی تسکین کے لیے اس سے بہتر کوئی اسکیم ہی نہ تھی۔ ان مزدورنیوں کو دنیا جہان کی مراعات کے ساتھ ہزار دل ہزار شکریہ کے ساتھ تندرست، خوبصورت اور من چلے مردوں کے درمیان، زیادہ تر فوجیوں کے بیچ چھوڑ دیا گیا۔ اب رقص و سرود کی محفلیں جمیں عشقیہ افسانے سینما کے سانچے میں ڈھلے۔ گراموفون کے ریکارڈوں میں "آہا باہر کی ہوا" ارے آزاد فضا" جیسے گانے ریکارڈ ہوئے۔ اشعار اور افسانوں میں اب اُن نگاہوں کی تعریف نہیں ہوتی تھی جو کسی مرد کی نگاہ سے دوچار ہو کر جھک جائیں۔ وہ تمام اشعار بے معنی قرار دیئے گئے جو اس طرح کے تھے

جھکی جا رہی ہیں وہ معصوم نظریں دیا جا رہا ہے جواب محبّت!

بلکہ اب یہ کہا گیا ؎

"کیسے تیر انداز ہو سیدھا تو کر لو تیر کو"

آہ، سوچا تھا کہ جنگ کے بعد ہم پھر گھر کی ملکہ بنیں گی۔ مگر وائے خود غرضی مرد! اُس نے جو دیکھا کہ عورت روپیہ بھی کما سکتی ہے اور دل بھی بہلا سکتی ہے، تو اس نے سوچا کہ اب یہ شکار گرفت کے باہر نہ جانے پائے۔ مرد نے اب ایسا حسین وار کیا کہ عورت کچھ نہ سمجھی اور زندگی کے میدان میں مرد سے بڑی خوبصورت مات کھا گئی۔ ہر محکمہ میں عورت اور مرد کا مقابلہ ہوا۔ مرد نے ہر جگہ قصداً شکست کھائی۔ عورت کا سر فخر سے اونچا ہو گیا۔ اُس کے ماتھے پر غرور کی جھلک دکھائی دینے لگی۔ فریب خوردہ نے کچھ نہ سمجھ کر سمجھا کہ اس کے اندر مرد سے زیادہ صلاحیت ہے۔ اب وہ خود آگے بڑھی۔ اپنے نسوانی لباس کو اتار پھینکا۔ وزارت سے لے کر معلمی تک ہر کوچہ کی سیر اُس نے کی۔ اور ہر جگہ خاص پذیرائی ہوئی۔ اس کی خامیوں کو نظر انداز کیا گیا۔ ہر مہینے اُسے ایک ہفتہ کی باتنخواہ چھٹی دی گئی۔ "ضرورت" پڑنے پر ہر سال تین مہینے کی رعایتی رخصت اس کے لیے مخصوص کی گئی۔ عورت کے لیے اگر ایک طرف ہر محکمہ کا دروازہ کھلا تھا تو دوسری طرف مخلوط تعلیم کا انتظام شروع ہوا۔ تاکہ جو فطری حیا رہ گئی ہے وہ بچپن ہی سے پس کر رہ جائے۔ ان طلباء اور طالبات کے لیے نئے قسم کے پارک بنے۔ ان پارکوں میں خوبصورت جھاڑیاں بنائی گئیں۔ لڑکے اور لڑکیاں ان میں دندناتی پھرتیں۔ ایک ساتھ فوٹو کھنچواتیں۔ اب ذہن بدلا تو ساری زندگی ہی بدل گئی۔ کسی "بوڑھی کھوسٹ" نے مستقبل پر غور و فکر کرنے کی دعوت دی تو اُسے ٹھکرا دیا گیا۔ ہوش کب آیا۔ جب ہوش آنے سے کوئی فائدہ نہیں ہوا۔ مرد نے اُس کے جسم کو پوری طرح

شکنجے میں جکڑ دیا تھا۔ ماضی اور حال کا مقابلہ کیا تو ہم نے اپنے کو سراسر گھاٹے میں پایا۔ ہماری پچھلی زندگی میں مرد کماتا تھا اور اس کی کمائی عورت کے کام آتی تھی۔ آج عورت کماتی ہے اور اس کی کمائی مرد کے کام آتی ہے۔ پچھلی زندگی میں عورت گھر کی رانی تھی اور شوہر کے سوا کوئی اور اس کی دل چسپیوں کا مرکز نہ تھا۔ آج عورت دفتروں اور پارکوں کی زینت بنی ہوئی ہے۔ اور وہ اب ایسا پھول ہے جو ہر بھونرے کی آماجگاہ بنا ہے۔ پچھلی زندگی میں ایک مرد کے ساتھ زندگی بسر کرنے سے عورت بیماریوں سے محفوظ تھی۔ اب مردوں کے اختلاط نے عورت کے اندر خوفناک امراض پیدا کر دیئے ہیں۔ پچھلی زندگی میں عورت معصوم مریم کی طرح بھولی تھی۔ صداقت، ہمدردی اور محبت کا مجسمہ تھی۔ اب طوائف سے زیادہ بیچیا ہے۔ عیاری، جھوٹ، دغا اور رشک و حسد کا نمونہ ہے۔

بہنو اور بیٹیو! یہ ہے وہ نقشہ جسے کوئی جھٹلا نہیں سکتا۔ میں جو کچھ دیکھتی ہوں، وہ تم نہیں دیکھتیں۔ جو میں جانتی ہوں تم نہیں جانتیں۔ میرا کہنا مانو گی تو اپنا بھلا کرو گی۔ ورنہ جب یہ چکنی اور ریشمیں کھال اتر جائے گی اس وقت جاننے ماننے سے کوئی فائدہ نہ ہوگا۔ مسز مائیکل اپنی بد قسمتی سے اور مسز پاول پرائس نے مسکرا کر کہا، ہماری خوش قسمتی سے ہمارے درمیان ہیں۔ اب وہ میری تقریر پر تبصرہ فرمائیں گی۔ خدا حافظ۔"

مسز پاول پرائس کی تقریر ختم ہوگئی۔ میرے لیے جوابی تقریر کرنا ناگزیر ہوگیا۔ انھوں نے اپنی تقریر میں کئی بار اس تقاضے کا اظہار کیا تھا۔ میں بھی اپنی تقریر اس عرصہ میں تیار کر چکی تھی۔ میں نے پہلے اپنے میزبانوں کا شکریہ ادا کیا اور پھر مختصر تمہید کے بعد کہا:۔

"جس پچھلے زمانے کا ذکر فاضل خطیب نے کیا ہے اُس وقت مرد کی مثال اُس گھوڑے جیسی تھی جو دن بھر تانگے میں جُتا رہتا ہے۔ اور دن بھر دوڑ دھوپ کر کے تانگے والے کو دس پانچ روپیہ دے دیتا ہے۔ تانگے والا شام کو گھوڑے کے سامنے دانہ اور گھاس ڈال دیتا ہے۔ اور پھر اس غرض کے لیے اُس کے ہاتھ پاؤں ملتا ہے۔ تاکہ کل پھر تازہ دم ہو کر آمدنی کا ذریعہ بنے۔ آج اس گھوڑے کی جگہ عورت نے لے لی اور تانگے پر قبضہ مرد کا ہو گیا۔ لطف یہ ہے کہ مرد دوسرے دن کی آمدنی کے لیے تازہ دم کرنے کی خاطر اس گھوڑی کے آگے دانہ اور گھاس ڈالنے اور اس کے ہاتھ پیر ملنے کی ضرورت بھی محسوس نہیں کرتا۔ بلکہ یہ کام بھی اسی کے سر منڈھ دیا کہ جہاں سے چاہے دانہ کھالے، گھاس چر لے۔ اور جس سے چاہے مالش کرا لے۔ پھر طرہ یہ کہ خود تانگے سے نہیں اُترتا۔ اسے ڈر ہے کہ کہیں عورت کو ہوش آجائے۔ اور وہ پھر مرد کو گھوڑا بنا کر تانگے میں جوت دے۔"

اس مختصر اور مثالی تقریر کے بعد میں بیٹھ گئی۔ دیر تک تالیاں بجتی رہیں صدر صاحبہ "ہیر ہیر" کہتی میری طرف بڑھیں۔ مجھے گلے لگایا۔ اور خوشی کے مارے اس زور سے مجھے بھینچا کہ میں تھک گئی۔ میری آنکھیں مُند گئیں۔ انھوں نے کہا "ارے آنکھیں تو کھولو!" میں نے آنکھیں کھول دیں۔ "ارے! ایں!!— ڈارلنگ تم!!!"

مسٹر مائیکل نے مجھے اُٹھایا۔ بولے "اُفوہ! تم کتنا سوئیں! خوش خبری ہو اب ہمارے جہاز کا رُخ ٹھیک اپنے مرکز کی طرف ہے۔"

***

منتخب دلچسپ کہانیوں کا ایک اور مجموعہ

آخری چوری

مصنف : غلام حیدر

بین الاقوامی ایڈیشن جلد منظر عام پر آرہا ہے